La ri au trésor

Texte de Janeen Brian

Illustrations de Janine Dawson

Texte français de Sylvie Pesme

Éditions
■SCHOLASTIC

Catalogage avant publication de la Bibliothèque nationale du Canada

Brian, Janeen
  La rivière au trésor / texte de Janeen Brian ; illustrations de Janine Dawson ; texte français de Sylvie Pesme.

(petit roman)
Traduction de: What's in the river?
Pour enfants de 7 à 9 ans.
ISBN 0-439-96627-2

I. Dawson, Janine II. Pesme, Sylvie III. Titre.

PZ23.B748Ri 2004   j823'.914   C2003-906509-X

Édition publiée par les Éditions Scholastic, 175 Hillmount Road, Markham (Ontario) L6C 1Z7 CANADA.

6 5 4 3 2 1   Imprimé au Canada   04 05 06 07

Pour Maggy,
une amie sincère,
protectrice de l'environnement – J.B.

Pour Rosie,
et pour tous les enfants
passionnés de lecture – J.D.

Chapitre 1

Au fin fond de la jungle serpente une grande rivière verte. C'est là que les animaux se rencontrent pour bavarder, boire et nager.

Un jour, Hippo fait une étrange découverte.

Elle est en train de nager sous l'eau. Elle s'amuse à retenir son souffle en comptant les secondes.

Elle vient d'atteindre cinquante secondes et sent qu'elle va exploser.

Woush! Elle remonte à la surface.

CLOUC!

— Aïe! crie Hippo.

Sa tête a heurté quelque chose.
Elle a maintenant une bosse.

— Qu'est-ce que c'est que ça?
demande-t-elle.

Il y a une chose bizarre dans l'eau, près du bord. Hippo la pousse sur la rive.

— Qu'est-ce que c'est? croasse
Perroquet.

— Je ne sais pas, dit Hippo
en tâtant sa bosse. Je ne sais
vraiment pas.

— Est-ce que ça se mange?
demande Perroquet.

Il essaie d'y goûter, puis il
crache.

— Ce n'est pas très utile, alors,
dit-il en s'envolant.

La chose bizarre reste là, sur la rive.

Chapitre 2

Le lendemain matin, Singe n'arrête pas de bondir partout.

Girafe sait pourquoi. Singe veut *toujours* la même chose quand Girafe est là.

— Bon, d'accord, dit Girafe.
Mais juste une fois. Je ne veux pas
avoir mal au cou.

Singe escalade le dos de Girafe.
— À vos marques! Prêts? Partez!
crie-t-il.

Puis il glisse le long du cou de
Girafe, jusque dans la rivière.

— You-houuu! s'écrie-t-il.
Puis…
— Aïe!

Singe a atterri sur quelque chose de dur. Il se frotte le derrière.

— Qu'est-ce que c'est que ça? demande-t-il.

C'est une autre chose bizarre.
Celle-ci repose sur la boue, au fond
de la rivière.

Singe roule la chose sur la rive.

— Qu'est-ce que c'est? croasse
Perroquet.

— Je ne sais pas, dit Singe
en regardant son derrière pour voir
s'il a une bosse. Je ne sais vraiment
pas.

— Est-ce que ça se mange?
demande Perroquet.

Il essaie d'y goûter, puis il
crache.

— Ce n'est pas très utile, alors,
dit-il en s'envolant.

Les deux choses bizarres restent
là, sur la rive.

Chapitre 3

Le lendemain matin, Éléphant
entre dans la rivière pour faire ses
exercices. L'exercice qu'il préfère
est le jet d'eau.

Éléphant aspire beaucoup d'eau.

Puis il la rejette. Il aime la
projeter le plus loin possible!

Éléphant aspire encore, puis souffle. Le jet d'eau atteint la rive.

Éléphant ferme les yeux. Il aspire profondément. Cette fois, il va battre son record!

SPLAT!

— Oh, oh!

Éléphant a aspiré une chose,
et cette chose est coincée dans
sa trompe!

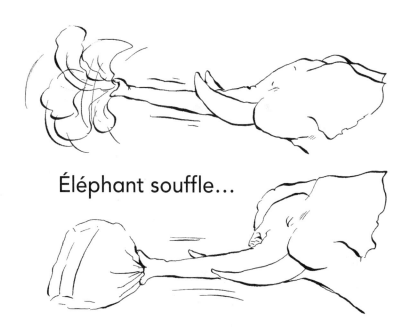

Éléphant souffle…

souffle… souffle!

La chose s'envole et atterrit sur la rive.

— Qu'est-ce que c'est? croasse
Perroquet.

— Je ne sais pas, dit Éléphant en
trempant sa trompe endolorie dans
l'eau. Je ne sais vraiment pas.

— Est-ce que ça se mange?
demande Perroquet.

Il essaie d'y goûter, puis il
crache.

— Ce n'est pas très utile, alors,
dit-il en s'envolant.

Chapitre 4

Les trois choses bizarres restent là,
sur la rive.

— Que pouvons-nous en faire?
demande Hippo en hochant la
tête. Nous ne savons même pas
ce qu'elles sont.

— En tout cas, ça ne se mange
p... commence Perroquet.

— Nous le savons déjà!
s'exclament les autres.

— Pourquoi ces choses sont-elles dans la rivière? demande Girafe.

Personne ne connaît la réponse.

— Elles ont l'air de choses précieuses, dit Singe.

— Quelqu'un doit les avoir perdues, dit Éléphant.

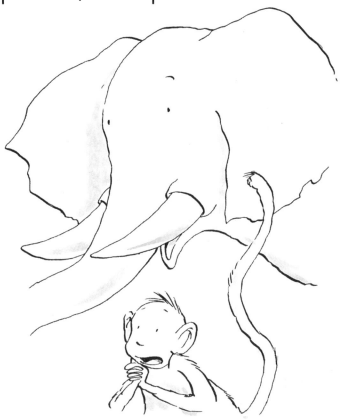

La nuit tombe. Mais personne
n'a encore deviné ce que sont ces
choses, ni à quoi elles servent.

Et personne ne sait quoi faire de celle qu'on découvre ensuite. Ni de la prochaine.

Le tas grossit, grossit, GROSSIT!

Chapitre 5

Il y a un autre problème. Les
choses prennent toute la place.
Les animaux aimeraient bien que
la rive soit comme avant.

— Qu'est-ce que nous allons faire? se demandent les animaux. Qu'est-ce que nous *pouvons* faire?

Un jour, Girafe réunit tous les animaux.

— J'ai rendu visite à ma cousine, dit-elle. Elle dit...

— Elle dit quoi? demandent les autres en s'approchant.

— Elle dit que ces choses bizarres ne viennent *pas* de la rivière.

— Si elles ne viennent pas de la rivière, dit lentement Éléphant en balançant sa trompe, d'où viennent-elles?

Girafe abaisse son long cou et roule les yeux.

— Elles appartiennent aux humains! murmure-t-elle.

Tous écarquillent les yeux,
le souffle coupé.

— Aux *humains*? répète Hippo en plissant les yeux. Mais il n'y a pas d'humains dans cette jungle.

— Oui, il y en a, dit Girafe. Ils vivent sur la rive, juste après la courbe. C'est ce que ma cousine m'a dit.

— Si c'est vrai que ces choses leur appartiennent, que font-elles dans la rivière? demande Éléphant.

— C'est tout un mystère, dit
Girafe. Ma cousine croit qu'il s'est
passé quelque chose chez les
humains. Quelque chose de
terrible.

— Et ça aurait fait tomber les
choses dans l'eau? demande Singe.
— Peut-être, répond Girafe.

Pendant un moment, chacun réfléchit en silence.

— C'est triste, dit enfin Hippo. Toutes ces choses doivent leur manquer.

— Oui, c'est *vraiment* triste, approuvent les autres.

Perroquet bat des ailes et se
perche sur la tête de Girafe.

— Je sais ce que nous devrions
faire, croasse-t-il.

Tous les animaux le regardent.
Il leur expose son plan.

Chapitre 6

Tous s'accordent pour dire qu'il
s'agit d'une bonne idée. Mais elle
est difficile à réaliser.

C'est difficile de charger et de
transporter les choses bizarres.
Et la courbe de la rivière est
très éloignée.

Quand les animaux atteignent enfin la maison des humains, tout est sombre et tranquille.

Ils déchargent les choses l'une après l'autre et les placent en belles petites piles.

Lorsqu'ils ont fini, les animaux sourient. Ils sont fatigués, mais contents.

Il est temps de rentrer.

— Les humains vont avoir une belle surprise! chuchote Hippo.

— Oui, dit Girafe. En se réveillant, ils vont voir que toutes leurs choses sont revenues.

— Toutes leurs choses *précieuses*, ajoute Éléphant.

Singe grimpe sur la trompe
d'Éléphant.

Perroquet se pose sur la tête
de Girafe.

Puis, Hippo en tête, les animaux
retournent chez eux en longeant
la grande rivière verte, au fin fond
de la jungle.

Janeen Brian

J'ai toujours aimé les oiseaux et les animaux, les arbres, la mer et les rivières. Lorsque j'étais petite, j'aimais me baigner dans les ruisseaux.

Aujourd'hui, de nombreux cours d'eau sont pollués et remplis de déchets. Lorsqu'on organise des journées de nettoyage, j'y participe toujours. Quelquefois, j'aide à nettoyer une rivière qui coule près de chez moi. Voir tous ces déchets me rend triste. Et je me sens triste aussi pour les pélicans, les canards et toutes les créatures qui doivent vivre au milieu de tout ça. Ils ont besoin de notre aide.

Dans *La rivière au trésor*, je raconte l'histoire d'animaux qui font de *leur* mieux pour aider les *humains*.

Janine Dawson

Il y a de nombreuses années, pendant les vacances scolaires, je suis allée nager dans un petit lac avec une amie. L'eau était profonde, verte et calme. J'avais peur de toucher le fond. Peut-être qu'un monstre allait se faufiler entre mes orteils?

Quand j'ai enfin eu le courage de poser les pieds au fond, j'ai été bien surprise. J'avais mis le pied sur quelque chose de très étrange. J'ai sorti cette chose de l'eau, et j'ai vu que c'était… un dentier!

J'ai passé le reste de la journée à jouer sur la rive.